행복은 화려한 옷을
입지 않는다

행복은 화려한 옷을
입지 않는다

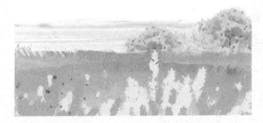

정용수 지음

좋은땅

책머리에

단순하고 거친 소리를 내는 악기도
영화의 어떤 한 장면에서는
다른 악기로는 대체할 수 없는
고유한 소리로
관객들의 마음을
흔들어 놓기도 합니다.

부족한 나의 詩도
그러했으면 좋겠습니다.

일상의 소소한 행복에
왈칵 눈물을 쏟아 본 적이 있는
착한 사람들의 마음에
몇 편의 시라도
무사히
도달할 수 있기를 소원하며
겁 없이 한 권의 시집을

세상에 내어놓습니다.

2023년 6월 정용수

목
차

1부

그 사람의 집　14

변하지 않은 마음　15

떠나보내는 게 사람의 일이다　16

10월의 인사　19

아픔 너머　20

골목길　22

겨울 산행　25

해묵은 우정　26

미안한 하루　28

행복은 화려한 옷을 입지 않는다　30

상실로 얻는 사랑　32

괜찮다　34

가을은　36

응달에서도 꽃은 피더라　38

가을을 선물하는 사람　40

정직한 것들의 연대　42

다 같은 이유　44

도동서원 은행나무　46

빈집　48

人間, 그 고결한 이름　50

그러라고 강이 있는 거다　52

굳은 결심　55

지리산　56

참척(慘慽)의 아픔　58

슬픔 천지　60

문상　62

나이 오십에는　64

꽃　66

눈물　68

네가 왔다　71

2부

진심(眞心)　74

무반주 첼로　76

녹슬지 않는 이름　78

샘 80

고마운 마음 82

새해 84

인생의 셈법 86

은행 악취 88

쉬운 상처는 없다 90

맛있는 인생 93

불한당(不汗黨) 94

교사의 사명 96

같은 마음 99

신학기 첫 수업 100

그날, 우리는 102

이젠 웃어도 괜찮아요 105

배워서 남 주는 행복 108

타인의 아픔 110

아픈 마음이었습니다 112

향기로운 인격 114

故 이태석 신부의 무덤 116

나침반 118

경제 수업 시간 120

복지리 123

눈물을 아끼지 말아야 합니다 124

3부

무익한 종　128

감춰진 축복　130

노아의 기도　132

서로를 지키는 자　135

질그릇의 노래　136

소명　138

디딤돌　140

슬픔 하나에 詩 하나　142

겸손　144

위로자　146

당신과 나의 거리　148

가을 밭　150

만나　152

이름 없이 살아도　154

다음은 없습니다　156

그날이 내게도 옵니다　158

4부

미안한 안부　162

아내의 신발　164

1923년생 아버지   167

그 남자의 슬픔   170

나무도 운다   172

엄마   174

부모 그늘   176

엄마 마중   178

막막한 새벽   180

슬픈 가장(家長)   182

친구   185

치매   188

나이 육십   191

그대 늙지 마라   194

아내   196

연민   198

숨바꼭질   200

남자도 울더라   203

발뒤꿈치로 오는 봄   204

함께 닳아 가는   206

추억 많은 삶   208

미안한 사랑   210

굽은 길 돌아서 간다   212

무거운 짐   214

장돌뱅이   216

아침 첫 얼굴　218

굳센 금순 씨　220

5부

라일락 향 슬픔　224

낡은 그리움　226

가을 징역　228

그리움　230

못된 습성　232

눈 쌓이는 새벽　234

그리움의 이유　236

어긋난 하루　238

너 한 사람에게만　239

멀리 있어서　240

눈 내리는 밤　242

여행　244

천국의 계절　246

1부

그 사람의
집은
풍경이
아름답다

그 사람의 집

바람을
견디는 사람은
높은 곳에
집을 짓는다

바람에
이력이 날수록
그의 집은
한층 견고해진다

그 사람의 집은
풍경이 아름답다

바람을 이겨 낸
그 맑은 소유가
나는 부럽다

변하지 않은 마음

버려진 줄도 모르고
낯선 길 서성이며
늙은 개 한 마리
오지 않는
주인을 기다립니다

마음이 변했을 때는
이야기해 주세요

변하지 않은 마음이
변한 마음 때문에
아파합니다

떠나보내는 게 사람의 일이다

자식을 낳아 길러 봐야
어른이 된다고 말을 하지만
정작 우린
부모를 떠나보내며 어른이 된다

건장하던 몸이 세월 앞에
속절없이 허물어져 가는 모습을
곁에서 지켜보며
우린 지켜야 할 것들과
버려야 할 것들의
경계를 구별하게 된다

떠나는 순서를 알 수도 없고
안다 한들 붙잡아 둘 수도 없는
유한한 삶을 마주하며
슬픔과는 결이 다른 안쓰러움으로
서로의 상처를 보듬게 된다

내가 떠나는 날의 장면을 상상해 보다
묵묵히 내 일상을 지켜 준
소중한 사람들의 고마움에
울컥 눈물이 쏟는
착한 마음도 발견하게 된다

좋은 사람들 만나 밥 먹기도
부족한 세월인데
굳이 미운 놈 찾아가며
싸울 일들은 만들지 말아야 한다
용서할 수 없으면 잊어버리고
그마저도 안 되면 아낌없이 버리며 살아가자

떠나보내는 게 사람의 일이고
내 순서가 오면
또, 떠나야 하는 게 사람의 일이다

무거운 것들은 이젠 욕심내지 말고
가볍게, 가볍게 그날을 준비하며 살아가자
남은 자들이 나를 떠나보내는 일이 힘들지 않도록
매일 정결한 옷으로 갈아입는 염치도 준비하며 살아갈 일이다

10월의 인사

10월이
9월에게
전합니다

수고했다고
고마웠다고
이젠 좀 쉬어 가라고

당신의 수고로
누리는 내 평화가
너무 미안하다고

아픔 너머

아픔의 날들을 지나고서야
깨닫게 되는 詩가 있다는 건
얼마나 고마운 일인가

깨어진 마음이 되고서야
부를 수 있는 노래가 있다는 건
얼마나 다행스런 일인가

목숨 같은 그리움은
가난한 마음들이 소유한다는 건
얼마나 공평한 일인가

고통의 긴 터널을 지나면서
내 키가 훌쩍 컸다는 건
또 얼마나 감사한 일인가

선한 것 하나 없는 우리를
고결한 마음으로 살게 하는

어떤 詩,

어떤 노래,

어떤 그리움이

아픔의 시간 너머에

감춰져 있다는 건

얼마나 다행스런 일인가

골목길

어느 동네이건
좁은 골목길로 들어서면
평범한 일상을 살아가는
누군가의 흔적들이
지친 마음을 다독인다

담벼락의 귀여운 낙서들이
오래된 집의 낡은 창문이
담장 위 덩굴장미 몇 송이가
바람에 흔들리는 하얀 빨래들이
나에게 말을 걸어온다

너무 힘들어하지 말라고
오늘 하루도 잘 살았다고

내보이지도 않은
지친 마음을
저 먼저 위로해 준다

좁은 골목길을 걷다 보면
부르게 되는 노래가 있다
아픔을 숨기고 살아야 했던 시절
혼자 숨죽여 불렀던 그리움의 노래
그 익숙한 노래가 오늘은 고마운 동행이 된다

일그러진 양동이, 깨진 화분의 작은 틈에도
낯익은 꽃들이 자라고
낡아도 버리지 못한 미련스러운 소유조차
골목길 안에서는 정겨운 풍경이 되어
지친 마음을 어루만진다

제자리를 지켜 가는 오래된 것들을 보면
왜 자꾸 눈물이 나는지

숨 가쁜 일상도
평범한 호흡으로 되돌리는
골목길의 정겨운 풍경으로
지친 하루가 넉넉한 위로를 얻는다

겨울 산행

쓸쓸한 겨울 하늘을
새들은 잘도 날아간다
원망도 없이
다툼도 없이
정해진 방향으로
단번에 날아간다

쓸쓸한 겨울 숲길
홀로 걷는 나는
자꾸만 길을 잃는다
외로워서
그리워서
주절주절 변명만 길어진다

해묵은 우정

나를 향한 그의 마음이 변했다고
그를 향한 나의 마음이 변할 필요는 없다

그는 오래도록 찬바람 부는 곳을 떠돌았고
나는 평온한 양지에서만 살아왔었다

그뿐이다
우리 둘의 말이 자꾸 어긋나는 이유는

그의 변심을 섭섭다 하지 말고
거칠어진 그의 말을 탓하지도 말아야 한다

다만, 그가 잃어버린
그 순했던 시절의 눈빛과 웃음을
다시 기억해 낼 수 있도록
내 마음속의 그를 더욱 지켜 주어야 한다

전날에 내 마음을 지켜 준

누군가처럼
나도 이젠 그의 마음을
지켜 주는 한 사람이 되어야 한다

강요하지 않는
정죄하지 않는
가르치려 하지 않는
해묵은 우정으로

그가 내 시선을 깨달을 때까지
그의 쓸쓸한 뒷모습을
오래도록 지켜봐 주어야 한다

미안한 하루

한여름 들판엔
약한 것들이 먼저 시든다
고생한 것들이 먼저 늙는다

악착같이 살고도
열매 하나 맺지 못한 채
저 먼저 시드는 나무가 있다

바람 많은 자리에
뿌리내린 슬픈 운명
누구에게도 탓할 수 없어
혼자서만 아파하는
착한 나무가 있다

한여름 들판의
그늘진 곳에서
문득
구의역

열아홉 살
컵라면으로 기억되는
어느 청춘의 모진 아픔이 떠올라
울컥 목이 메는 미안한 하루가 있다

행복은 화려한 옷을 입지 않는다

이가 나갔어도
버릴 수 없는 컵이 있다

많은 날
그 컵으로 담아 왔던
여러 색깔의 따뜻함들

고장이 나 제 기능을 못해도
여전히 간직하고 사는
서랍 속 결혼 예물 시계처럼

견고한 침묵으로
동행이 되어 준
오래된 것들의 고마움

홀로 산길 걷다
슬며시 웃게 되는
좋았던 날들을 기억해 보라

행복은
화려한 옷을 입지 않는다

상실로 얻는 사랑

작년에는 오른쪽 장갑을 잃어버렸는데
올해는 왼쪽 장갑을 잃어버렸다
참 다행한 일이다
남겨진 장갑 둘이
제 짝처럼 쓸모 있게 되었다

상실은 언제나 속상하고 가슴 아픈 일이지만
그 아픔으로 인해 남겨진 것들은
동행의 소중함을 더 깊이 배우는지도 모른다

온전한 두 짝보다
상실의 아픔을 경험해 본
남겨진 두 짝이
서로를 더욱 간절히 끌어안는지도 모른다

우리네 삶에서도
버려진 사람들끼리
혹은 남겨진 사람들끼리 만나

더 뜨겁게 사랑함은 이상한 일이 아니다

세상에 흠 없는 인생이 어디 있으랴
서로의 부족을
사랑으로 메우며 살아감이 행복인 것을

한쪽만 남게 된
쓸모없는 장갑끼리 만나 살아도
인생은 여전히
고맙고 아름다운 축복인 것을

괜찮다

싸워서는 안 되는 사람이 있다
설사 싸우더라도
이겨서는 안 되는 사람이 있다
져 주는 것이 훨씬 더 행복한 싸움이 있다

나이를 먹어 간다는 것은
혹은, 인생이 깊어진다는 것은
이기며 사는 행복보다
져 주며 사는 행복이 더 크다는 걸
깨달아 가는 것

내가 져 줘도 괜찮을 사람을
내 곁에 하나, 둘
늘려 가며 사는 것

그가 돋보일 수 있도록
난 그저 평범한 배경이 되어도 괜찮다
그의 목소리를 받쳐 주는 드러나지 않는

저음의 베이스로 살아도 괜찮다

늦은 저녁 피곤한 몸으로도
필요하다면 기꺼이
그의 심부름 길을 나서도 괜찮다

그가 몰라줘도 섭섭다 하지 않고
마지막 하나까지 아낌없이 내어 주는
맘 착한 나무로 살아도 괜찮다

괜찮다
괜찮다
너에게 지는 건
정말 괜찮다

가을은

가을은 용서가
쉬워지는 계절

기도가 강처럼
깊어지는 계절

따뜻함이 친구처럼
고마운 계절

익숙한 거리도 낯설어져
평범한 산책도
소박한 여행이 되는 계절

공원 한구석 빈자리가
말을 걸어오는 계절

누구나 한 번쯤은
걸음을 멈추고

먼 산을 바라보는 계절

가을은 다시 집으로
돌아가는 계절

돌아가는 이의 뒷모습이
아름다운 그림이 되는 계절

부끄러운 나에게도
화해의 악수를 청하는 계절

모두가 그렇게
첫 마음을 회복하는 계절

비로소
인생의 나이테 하나
선명하게 굵어지는 계절

응달에서도 꽃은 피더라

응달에서도 꽃은 피더라
건물 뒤편 그늘진 곳에
목련 한 그루
저 혼자 환하게 피어 있더라

양지쪽 꽃보다
조금 창백한 얼굴이어도
진심 가득한 표정으로
봄의 빈 공간 하나
당당히 메우고 서 있더라

한평생 그늘로만 쫓겨 다녔던
주름 깊은 한 남자
길 가다 서서
그 꽃 한참을 바라보다
끝내 굵은 눈물 흘리고 가더라

그늘진 응달의 꽃도

누군가의 마음 흔들 수 있는
아름다운 꽃이 될 수 있더라

응달에서만 살아도
아픈 마음 하나
온전히 보듬을 수 있다면
우리 인생
애써 꽃 피울 이유 충분하지 않을까

응달에서도 꽃은 피더라
봐주는 사람 하나 없어도
꽃은 기어코 환하게
피고야 말더라

가을을 선물하는 사람

제 살이 깎이고 베어져도
복수하지 않는 나무가 있기 때문에

제 몸 더럽혀지고 썩어 가도
복수하지 않는 강이 있기 때문에

고운 꽃대 꺾이고 밟혀도
복수하지 않는 들꽃이 있기 때문에

가을 들판은 여전히 넉넉하고
가을 숲은 서럽도록 아름다운지 모른다

자신의 상처보다
자신의 소명을 먼저 생각하는
착한 존재들로 인해
가을 들판엔 오늘도 열매가 가득한지 모른다

끝까지 제자리를 지켜 가는

나무 같은 이가 있기 때문에

말없이 생명을 키워 가는
강 같은 이가 있기 때문에

척박한 땅에도 주저 없이 뿌리를 내리는
들꽃 같은 이가 있기 때문에

복수가 아닌 용서를 택해
아픔 가운데도 꼿꼿이 자신의 길을 걸어 가는
큰 산 같은 이가 있기 때문에

거친 인생의 들판에도 고마운 열매가 있고
해마다 우린
아름다운 가을을 선물 받는지 모른다

정직한 것들의 연대

가을엔
화려한 것보다
정직한 것이
더 아름답다

뜨거운 여름을 견디고
기어코 열매를 맺은
정직한 것들이
가을엔
잘 자란 자식처럼
고맙다

홀로
뽐내지 않고
무리 지어
출렁이는
정직한 것들의 연대가
가을엔

예배당
높은 십자가만큼이나
장엄하다

다 같은 이유

길 끊어진 산모퉁이 외딴곳에도
사람의 집이 존재하는 이유

바닷가 바위 좁은 틈새에도
허리 굽은 海松이 살아가는 이유

죽을 만큼 먼 거리를 끝내
철새들이 날아가는 이유

잘려진 가지 끝에도 땅속뿌리가
생명을 흘려보내는 이유

살을 에는 추위에도 새벽 장을 찾아
아버지가 길을 나서는 이유

다 같은 이유

흙을 만나면 주저 없이

뿌리를 내리는 나무들처럼
우리도 서로의 가슴에
뿌리를 내리며 살아야 하는 이유

사랑은 선택이 아닌 본능인 이유

도동서원 은행나무

고운 단풍 다 지고서야
도동서원 사백 년 은행나무
찾아갑니다

화려한 풍광 사라져
이젠 아무도 찾아오지 않는
나목(裸木)의 시간 기다려
노을과 함께 찾아갑니다

서성이던 몇 사람들도 떠나고
드디어 둘만 남아 독대하는 시간
이 큰 나무 혼자서 소유할 수 있는
늦가을 저녁이
쓸쓸해서 오히려 감사합니다

힘겹게 겨울잠을 청하는
고단한 여정의 끝자리에
당신의 거친 손을 잡아 주는

마지막 동행이 나였으면 좋겠습니다

당신의 쓸쓸한 얼굴을 사랑하는
비밀스러운 사람이
오직 나 하나였으면 좋겠습니다

빈집

빈집은 세월 가서
무너지는 것이 아니라
사람이 없어서 무너진다

인생의 집도
사람이 없어서 무너진다

좋았던 사람
좋았던 시절
모두 떠나보내고
오롯이 혼자가 될 때
외딴 길가의 빈집처럼
우리도 외로워서 무너진다

집도, 인생도
마지막까지 소중한 건 사람이다
아름다운 풍경도
사람이 있어 더 아름다운 거다

홀로 남아 무너지는
빈집 같은 인생을 만나면
어색한 안부라도 물어보자

볕 좋은 곳에 앉아
잠시 해바라기하며
떠난 사람들의 이야기라도
나누어 보자

빈집 되어 무너지는
아득한 슬픔은 없도록
서로의 어깨를 내어 주는
마지막 동행이 되어
무너지지 않는
견고한 집으로
끝까지 우린
함께 서 있어야 한다

人間, 그 고결한 이름

맨발을 보면 신발을 벗는 게 인간이다
배고픈 사람의 거짓말은 알고도 속아 주는 게 인간이다
한 번도 행복한 적이 없었다고 말하는 청춘을 만나면
미안해서 눈물이 나는 게 인간이다
마음이 무너지는 사람의 옆에 서면
그 아픔의 진동을 느끼는 게 인간이다
돈보다는 따뜻한 밥 한 그릇 대접을
더 오래 기억하는 게 인간이다
낯선 사람에게도 대가 없이
소중한 피를 나누어 주는 게 인간이다
성공보다 실패의 상처를 내보이며
서로의 신뢰를 쌓아 가는 게 인간이다
혼자서는 갈 수 없는 어두운 길도
둘이라면 웃으며 가는 게 인간이다
힘들어서가 아니라 힘들다는 것을
아무도 몰라줄 때 목숨을 버리는 게 인간이다

.

연약함을 사랑의 이유로 삼고 살아가는
우리의 고결한 이름은 人間이다

그러라고 강이 있는 거다

설명을 해도 이해하지 못할 아픔이 있다
설사 이해한들
누구에게도 유익하지 않은 모진 아픔이 있다

비밀이어서가 아니라
서로를 힘들게 할 수밖에 없는
서러운 사연 탓에
혼자서 안고 가는 저마다의 짐이 있다

그 짐의 무게로 여린 마음
속절없이 무너지는 날
우린 홀로 산을 오르고,
갈대 우거진 강변을 서성이고,
거친 바다를 찾아 멀리 돌팔매질을 한다

그러라고
나무는 그늘을 키우고
산은 숲속 은밀한 길을 만들고

바다는 파도의 속살을 푸르게 물들이는지 모른다
가끔은 저녁 하늘도 붉은 노을로 함께 울어 주는지 모른다

약한 마음들끼리
서로 원망하며 살지 말라고
자연은 숨겨 둔 가슴을 쉬이 내어 주는지 모른다

서러운 마음 누구에게도 말할 수 없어
홀로 강둑을 찾아 지치도록 걷던 날
조용조용 내 뒤를 따라와 준
푸른 강을 발견하고선 고마워서 얼마나 울었던지

그러라고 강이 있는 거다
마음을 바꿀 수도, 환경을 바꿀 수도 없어
발만 동동거리는 눈물 많은 인생들을 위해
천 가지의 노래 목쉬도록 불러 주는
속 깊은 강은 그러라고 있는 거다

끝내 아픔까지 보듬어
열매 맺는 인생으로 살아가라고
고마운 강은 오늘도 우릴
물끄러미 바라보고 있는 거다

굳은 결심

함박눈 펑펑 쌓여
고립이 짙어 가는
강촌의 밤

갈 곳을 알고
달려가는
밤 기차가
부럽습니다

어둠 앞에서도
망설이지 않는
굳은 결심이
한없이
부럽습니다

지리산

상처를 지키려는 사람도
상처를 잊으려는 사람도
마음 아픈 날엔
지리산을 오른다

지리산 철쭉을
누구는 핏빛이라 하고
누구는 분홍이라 하지만
정작 산은 말이 없다

봉우리마다, 바위마다
자기 보고 싶은 형상들로
아무렇게나 이름 붙여도
산은 불평 하나 없다

네 편, 내 편 가리지 않고
제 품을 내어 주는
산의 마음을

우리는 언제쯤
온전히 헤아릴 수 있을까

서로의 마음을
다치게 하지 않는
가난한 마음에
우리는 언제쯤
무사히 다다를 수 있을까

생명을 키우는
일로만 분주한
산의 진심을
우리는 언제쯤 깨달아
행복한 나라 만들 수 있을까

참척(慘慽)의 아픔

왜 나에게
이런 모진 아픔 있어야 합니까
절규하는 나에게
왜 너에게만
그 아픔 없어야 하는가
되물어 온다

억장이 무너져
박살이 난 마음에
그 섭섭한 말이
오히려
따뜻한 빵 한 조각되어
내 접시 위에
툭 떨어진다

다시 먹어야 한다며
다시 일어서야 한다며
곡기 끊은 나를 다그친다

아픔 없는 인생은 없다고
목숨은 누구도 대신할 순 없다고
위로인지 명령인지 모를
준엄한 목소리 하나 듣게 된다

'엘리 엘리 라마 사박다니'

아들을 버리신 그분이
내 어깨를 끌어안고
한참을 함께 울어 준다

슬픔 천지

꽃 피는 봄날에도
우는 가슴이 있다

온 세상이
아름다운 풍경이어서
더 서러운 사랑이 있다

예쁜 꽃그늘 아래에도
앙상하게 말라 가는
여린 마음이 있다

되돌릴 수 없는 회한의 세월
화려한 봄이어서
더 사무치는 후회가 있다

봄 단장으로 모두가 분주한 날에도
애써 창문을 닫는 사람이 있다

봄 햇살 내려앉는 뜨락에도
마르지 않은 슬픔이 있다

꽃 빛깔이 진심이어서
잠 못 드는 인생이 있다

봄비 내리는 아침에도
길 떠나는 사람이 있다

세상은 감춰진
슬픔 천지라는 걸
예전에는 정말 몰랐었다

문상

문상 가는 날
낯익은 영정 앞에 설 때마다
가슴 한 곳이 철렁 내려앉는다

정리하지 못한 원고,
화해하지 못한 친구,
완납하지 못한 연금,
풀지 못한 서운한 마음들

무엇 하나 완성한 것도 없이
사랑만 받다가
도움만 받다가
고마운 것 하나
남기지도 못한 채
나도 훌쩍 떠나게 될까 봐
한 번씩 느껴지는
부정맥 박동에도
마음이 서늘해진다

영정 속 주인들과
내 나이가 이렇게
점점 좁혀지다 보면
언젠가 내 영정 앞에
사람들이 서는 날도
곧 올 텐데

그날의 국밥과 수육도
누군가의 허기진 한 끼를
넉넉히 채워 줄 수 있을까

세월 갈수록
영정 앞에 서서 드리는
내 기도의 단어들이
점점 단순해지는 것이
그래도 다행스러워
돌아가는 발걸음이
무겁지만은 않다

나이 오십에는

나이 오십에 소원하는 건
낯선 아픔에도
흔들리지 않는
견고한 미소 하나 소유하는 것

힘들었던 세월
분노로 일그러트리지 않고
인내로 지켜 낸
눈가 고운
웃음 주름 하나 소유하는 것

처음 보는 사람도
쉽게 길 물어 올 것 같은
선한 눈빛 하나 소유하는 것

조용히 속삭여도
울림이 깊어
마음속까지 전달되는

잘 익은 목소리 하나 소유하는 것

작은 깨달음에도
쉽게 고개 끄덕이는
순한 몸짓 하나 소유하는 것

억울한 오해에도
마음 닫지 않고
용서하며,
이해하며,
하루하루 익어 가는
가을 모과 같은 얼굴
자랑처럼 소유하며 살아가는 것

숨 가쁜 일상이어도
천국의 표정 하나쯤은
얼굴 한편에
선명하게 새기며 살아가는 것

꽃

척박한 땅에서도
최선을 다해 피는 꽃은
감동입니다
아니, 감동을 넘어서는
준엄한 교훈입니다

당연하게 피는 꽃은 없습니다
모두 목숨 걸고 피어납니다
마지막 힘 다해 악착같이 피어납니다

나약한 꽃은 처음부터 없습니다
씨앗에 담긴 생명의 힘 그대로
더러운 곳, 메마른 곳 가리지 않고
주어진 자리에 주저 없이 뿌리를 내립니다

열매 없이 죽을지 모를
메마른 땅에서도
운명을 미리 염려해

피어나기를 포기하는 꽃은 없습니다

이름 불러 주지 않아도
누구 하나 지켜보지 않아도
제때를 기다려
원망 없이 꽃은 피어납니다

들꽃 앞에 서고 보니
환경만을 탓하던
내 모습이
자꾸 부끄러워집니다

눈물

내 속에 가두어 둔
눈물이 이리도 많은가

숨어서도 울 수 없는
기막힌 처지에
안으로만 가두어 두었던
눈물로 인해
이 가을 내 영혼이 익사합니다

나 하나만의 희생으로 끝내자는
착한 결심은
마음의 병으로 자라
결국 서로를 구속하게 된다는 것을

참고만 살아
굳어진 마음으로는
누구도 행복하게 할 수 없다는 것을

울어야 할 때는
참지 말고 울어야 한다는 것을
이제는 잘 알고 있습니다

무섭던 세월
누구에게도 말할 수 없어
가슴속에만 모아 둔
서러운 눈물들을
모두 흘려보낼 수 있도록
오늘은 꾸짖지 않는
속 깊은 강 하나 허락해 주십시오

소리 내어 울어도
괜찮다 등 두드려 줄
큰 나무 같은 한 사람 만나게 하십시오

눈물로 깊어진 마음에
고운 노래 하나 익어갈 수 있도록
오늘은 위로의 강 너머로
붉은 노을 하나 물들여 주십시오

눈물이 나간 빈자리마다
맑은 꽃들 피어날 수 있도록
흔들리는 어깨
오늘은 한 번만 꼬옥 안아 주십시오

네가 왔다

꽃이 지는 날
다행히 네가 왔다

그 먼 길을
물어물어 힘들게
내게로 왔다

더 이상
남은 인연
없을 줄
알았는데
고마운 네가 왔다

다시
살아야겠다

2부

아픔은
또
다른
아픔이
위로한다

진심(眞心)

누구나
진심(眞心)이 전해지면
가슴에 따뜻한 불씨 하나 켜진다

추운 겨울
젖은 신발로 살아도
더는 춥지 않을
소중한 불씨 하나 가지게 된다

가난하면 가난한 대로
미안하면 미안한 대로
한번은
누군가의 진심이 되어 주어야 한다

주저앉은 마음 일으켜
길 나서게 하는
고마운 동행
한번은 선물하고 떠나야 한다

착한 마음이
아픈 마음이 되고
아픈 마음이
나쁜 마음으로 변해 가던
그 지난(至難)한 상처들에 대해
네 잘못 아니라 말해 주는
마지막 한 사람이 되어 주어야 한다

지친 마음 기대어 쉴 수 있도록
빈약한 어깨라도 내어 주는
선한 이웃이 되어
회복의 하루 선물하며 살아야 한다

무반주 첼로

아픔은
또 다른
아픔이
위로한다는 것을
많이 아파 본 사람은 안다

아픔의 고개를 넘어온
사람의 손이
더 따뜻한 이유를
많이 울어 본 사람은 안다

가슴을 울리는 속 깊은 노래는
아픈 마음이 만들어 간다는 것을
새벽길 홀로 떠나 본 사람은 안다

슬퍼서 위로가 되는
무반주의 첼로 선율처럼
자신의 아픔을 위로의 詩로

되돌려 주는 고마운 인생이 있다

무너진 마음 나무라지 않고
견고한 저음의 베이스로
상처를 보듬는
무반주의 첼로 같은
속 깊은 인생이 있다

비 오는 밤
혼자서도
주저 없이 강을 건너
위로의 손 먼저 내미는
무반주의 첼로 같은
세상엔 그런
장한 슬픔이 있다

녹슬지 않는 이름

제자리에 박혀
녹슬어 가는 못이
붉은 장미만큼이나
아름답습니다

누가 알아주지 않아도
묵묵히 제자리를 지켜 가는
착한 존재들을 만나게 되면
고맙고도 안쓰러워
저절로 고개가 숙여집니다

자신의 사명을 감당키 위해
사그라져 가는 초라함은
세상 어떤 꽃보다 아름답습니다

오늘은 초라하게 녹슬어 가도
잘 박힌 못처럼
끝까지 제자리를 지켜

녹슬지 않는 이름 하나 소유하는

견고한 인생이길

새벽 목마름으로 기도합니다

샘

팔 벌려 사는 세상이
이렇게 아름다운 것을

가슴 닫고 살 땐
항상 어둡던 하늘

하늘 푸르름이 묻어나는
샘물에 얼굴을 씻고

추억 같은 바람 앞에
마음을 열면

세상은 한결
가볍게 안기우고

모두가 용서되는
기막힌 자유

감사로 가득한
새날이 시작된다

고마운 마음

징검다리를 딛고 물을 건너다
여기까지 이 무거운 돌을 옮겼을
누군가의 수고를 생각하게 됩니다

험한 산 갈림길에 어김없이 존재하는
빨간 리본 이정표를 보며
이 높은 곳까지 올라와 이정표를 달아 준
누군가의 고마운 정성을 생각하게 됩니다

돌아보면
세상엔 고마운 마음들로 가득합니다
자신의 이익보다 이웃들의 행복을 위한
고마운 배려들이 삶의 곳곳에 가득합니다

물을 건너다, 산을 오르다,
자신의 불편보다 뒷사람의 불편을 걱정하는
착한 마음들이
돌다리가 되기도 하고

빨간 리본이 되기도 합니다

불편을 불평만 하는 이기적인 마음에서 벗어나
타인의 불편을 위해 기꺼이 수고를 자청하는
착한 마음이 내게도 좀 생겼으면 좋겠습니다

산속 정갈한 샘에서 맑은 물 값없이 얻어 가듯
나도 누군가의 목마름을 값없이 채워 주는
샘물 같은 인생이면 좋겠습니다

남들이 알아주지 않아도
물살 빠른 개울 한 모퉁이에
묵직한 징검다리 한두 개는 남기고 가는
쓸모 있는 인생이면 참 좋겠습니다

새해

봄날의 희망을 품고
겨울을 견디는 들판의 나무들처럼
우리도 그렇게 새해를 맞아야 한다

시리고 아파도
차가운 땅속으로 치열하게 뿌리를 뻗어 가는
겨울나무들처럼
우리도 그렇게 새해를 맞아야 한다

연약한 우리 삶에
겨울바람 같은 아픔 있음을 이상히 여기지 말고,
마음이 무너지는 날
위로해 줄 사람 하나 없음을 섭섭해하지도 말고

삶의 무게로 지쳐
모든 것 내려놓고 도망치고 싶은 날에
꺼내어 볼 희망 하나 마음에 견고히 새기며
올곧은 뿌리로 제자리를 지켜 가는

들판의 나무들처럼
우리도 그렇게 새해를 맞아야 한다

차가운 겨울밤에도
안으로 단단한
나이테 하나 키워 가는
속 깊은 나무들처럼
우리도 그렇게 새해를 맞아야 한다

인생의 셈법

나눠 줘도 모자라지 않고
움켜쥐어도 남지 않는
인생의 셈법
언제쯤 다 배울 수 있을까

심은 만큼 거두는 이치
알만한 나이에도
슬쩍 요행을 기대하는
내 눈치가 부끄러워진다

남다른 소유 없어도
남다른 소명 있어
행복한 세상인데

쉽게 잊혀질
이름 하나 얻으려
힘든 자리를 너무 오래
서성이지는 말아야 한다

손해 보며 산 날들이
어쩌면 인생의
가장 복된 날이었을지도 모를
역설적인 진리에도
한 번쯤은
고개 끄덕이며
살아야 한다

은행 악취

흙으로 돌아가지 못한 은행알들이
콘크리트 블록 위에 짓이겨져
애꿎은 악취를 풍기고 있다

사각의 콘크리트 아파트가
집의 기준이 된 이후
도시엔 흙이 급격히 사라졌다
아이들은
흙 한번 밟아 보지 못하고
학교와 학원으로 바쁘게 오간다

썩지 않는 것들이 많아지는
도시에서는
아이들도 쉽게 뿌리를 내리지 못해
몇몇은 악취 나는 은행알로 변해 간다

생명을 품을 땅 한 평 없는
도시의 비정한 거리에서도

나무는 가을 내내 최선을 다해
은행을 만들고 있다

그 성실함이
사람들의 불평으로 되돌아와도
나무는 탓하지 않고
가을 내내 제 소임을 다하고
담담히 겨울을 맞이한다

흙으로 돌아가지 못해
악취를 풍기는 건
은행만이 아니라고
준엄한 목소리로
어리석은 나를 꾸짖고 간다

쉬운 상처는 없다

쉬운 상처는 없다
종이에 베인
손끝의 작은 상처로도
일상은 얼마나 불편해지는지

가까운 사람이든
멀리 있는 사람이든
마음을 다쳐
불편한 관계로 지내는 건
신발 속 모래알처럼 쉽지 않다

내 입의 혀도
맘대로 되지 않아
한 번씩은 깨물게 되는데
타인의 마음이
내 마음 같을 리는 없다

몇 마디 말로

설명될 만큼
쉬운 인생도 없다

다 아는 듯한
교만한 모습으로
상대의 상처를 내려다보는
무례는 범치 말아야 한다

상처를 만나면
그 크기를 비교하려 하지 말고
그 아픔에 먼저 공감해 주어야 한다

겨우 눈물을 감추고 사는 게
우리 인생인데

지친 마음
쉬어 갈 수 있는
서로의 편한 마음자리로
우린 그렇게 늙어 가야 한다

맛있는 인생

맛있는 식당은
멀리서도 찾아온다
줄 서서 기다려서도 먹는다

조금 허름해도,
주차장이 불편해도
불평하지 않는다

다른 식당이 가지지 않은
'그 무엇'을 소유하고 있기에
사람들은 물어서라도 찾아온다

나도 '그 무엇'인가를 소유한
맛있는 인생이고 싶다

불한당(不汗黨)

흘린 땀만큼만
박수받기

견뎌 낸 시간만큼
칭찬받기

힘든 자리 찾아가
위로한 횟수만큼
인사받기

용서한 만큼
이해받기

남의 수고
가로채지 않기

심지 않은 것은
기대하지 않기

희생 없는 존경은
바라지 않기

정직하지 않은 돈
욕심내지 않기

양보 없이,
용서 없이,
세상 모든 사람이
내 편이길
바라지 않기

땀 흘리지 않는
불한당처럼은
절대로 살지 않기

교사의 사명

덫에 걸린 동물은
자신을 구하려 다가가는 사람에게
맹렬히 저항했다

극심한 고통과 공포로 흥분한 동물은
자신을 구하려 다가가는
사람의 진심을 이해할 수 없었기에
사나운 이빨을 드러내며 거칠게 달려들었다

구조하는 과정 중에
때론 상처를 입게 되지만
덫에 걸린 동물에게
자유를 선물하려는 고귀한 작업을
구조자는 결코 포기하지 않는다
나의 선의(善意)를 이해하지 못했다고
고통 중에 있는 그를 악의(惡意)로 대하지도 않는다

자유를 찾아 주는

고된 수고와 억울한 오해는
덫에 걸린 동물이 아니라
구조하는 사람이 감당해야 할 몫임을
그는 잘 알고 있다

힘든 작업 끝에
덫에서 풀려난 동물이
아무런 인사도 없이 황급히 달아나 버려도
섭섭다 하지 않는다

구조 과정 중에 생긴 상처를 안고
집으로 돌아오는 지친 발걸음에도
덫에 걸린 그가 다시 찾은
푸르른 자유를 생각하면
슬며시 웃음이 난다
벅찬 행복으로 콧노래도 부를 수 있다

대상이 누구여도
자유를 선물하는 건 아름다운 일이며
충분히 수고할 만한 가치 있는 일임을
그는 알고 있다
그 고귀한 사명으로 늙어 간다는 것이
얼마나 복된 일인지 그는 잘 알고 있다

같은 마음

여름 한낮
바람 한 점
지나갔다

그가 웃었다
나도 웃었다

목마른
두 사람만 웃었다

가벼운
바람 한 점으로
두 사람의 가슴만
종일토록 서늘해졌다

신학기 첫 수업

포크레인 한 삽과
모종삽 한 삽의 크기를
비교할 순 없지만,
그래도 작은 화분에 꽃을 심는 건
모종삽만이 할 수 있다고
아이들에게
저마다의 소명을 가르친다

속도를 강요하는 시대에
속도보다 중요한 건 방향이라고
삶의 우선순위를 가르친다

봄에 피는 꽃도 있지만
가을에 피는 꽃도 있다고
자신의 때를 기다리는 인내를 가르친다

구겨지고 더럽혀진 돈이어도
본질적 가치는 여전히 변함없다고

깨어진 마음들을 슬쩍 어루만져도 본다

혼자서는
멀리 갈 수도, 행복할 수도 없는
우리의 이름은 人間이라고
거듭 존재의 의미를 각인시킨다

금 그릇, 은그릇보다
더 귀하게 사용되는 건
깨끗한 그릇이라고
거룩한 삶의 높은 가치도
목청 높여 외쳐 본다

목이 아파올 때쯤
몇몇 아이들의
달라진 눈빛에 감사하며
수업 마침 종소리에
행복한 미소로 교실 문을 나선다

그날, 우리는

1995년 4월 28일, 금요일
대구시 상인동 도시가스 폭발 사고
영남중학교 앞 사거리
7시 52분, 하필이면 아이들 등교 시간
고막을 찢는 굉음과 함께 사라진 43명의 아이들

아수라장이 된 교실에 뛰어 올라가
아이들 출석을 확인하고
등교하지 못한 아이들의 이름을 칠판에 적어 놓고
하염없이 창밖을 바라보다,
아이들이 뛰어오는 모습이 보일 때마다
하나하나 이름을 지워 가던 악몽 같은 그날

끝내 지워지지 못한 이름을
차가운 영안실에서 발견하고
가슴이 철렁 내려앉던 그날

병원 영안실로 다니시다

늦은 저녁 학교로 돌아오신 교장 선생님이
아이들 영정 앞에서 엉엉 소리 내어 우셨던 그날

그날의 아픔을 기억하기 위해
교정 한 모퉁이에 세워진 추모관의 이름은
세심관(洗心館), 마음을 씻는 곳

28년이 지난 올해도 어김없이
아이들을 가슴에 묻은 부모들은
봄꽃이 활짝 핀 교정을 지나
무거운 발걸음으로 세심관을 찾아왔다

새봄이 와도 돌아오지 않는
살았으면 사십이 넘었을 영정 속 아이들은
오늘 아침 복도에서 마주친 얼굴처럼
낯설지 않은 미소로 해맑게 웃고 있다

자식의 영정 앞에 헌화하고 돌아서는
부모들의 모진 아픔을 아는 듯 모르는 듯
4월의 교정은 신록으로 여전히 푸르기만 하고
운동장엔 아이들의 활기찬 음성으로 가득한데

여태 마음을 씻지 못한 부끄러운 교사는
녹슬어 가는 세심관(洗心館) 동판에 새겨진
낯익은 아이들의 이름만 속절없이 바라보고 있다

이젠 웃어도 괜찮아요
상인동 도시가스 사고로 아들을 잃은 어머니께

이젠 웃어도 괜찮아요
맛있는 것 먹어도 괜찮아요
화장해도 괜찮아요
행복해도 괜찮아요

더 이상 미안해하지 말아요
자책하지도 말아요

평범한 사람들의 평범한 행복
누릴 자격이 내겐 없다 말하지 말아요

모진 아픔을 잊기에
충분한 세월은 아니었지만
그래도 많은 시간이 지났잖아요
당신도 이젠 늙어 가고 있잖아요

그날 아이의 손을 놓친 건
당신 잘못 아니잖아요

볼링을 칠 만큼
마음 회복한 당신이 반가워
먼저 다가가 인사했을 뿐인데
죄인처럼 볼링장을
급히 빠져나가는
당신을 보며 마음이
너무 아팠어요

우리가 미안해요
아픔의 시간, 아픔의 장소에 갇혀
여전히 아파하는
당신을 쉽게 잊어버린
우리가 미안해요

이제는 웃어도 괜찮아요
이제는 행복해도 괜찮아요
아이도 엄마가 웃으며 사는 것
보고 싶어 할 거예요

당신의 해맑은 웃음이
우리도 많이 그리워요

배워서 남 주는 행복

배워서 남 주는 사람이 있다
사촌이 땅을 사면 함께 기뻐하는 사람이 있다
오 리를 가자면 십 리를 동행하는 사람이 있다
겉옷을 달라면 속옷까지 주는 사람이 있다
세상의 계산과는 다른 방식으로 살아가는
용기 있는 사람들이 있다

이웃의 한계를 발견하면
비난보다 용서를 적용하는 사람이 있다

'너'라는 대상이 존재함으로
'나'라는 주체가 완성되는
人間 존재의 의미를 깨달아
더 많이 사랑하는 일에 진심인 사람이 있다

살벌한 세상 가운데에도
배워서 남 주기를 주저하지 않는
가시밭의 백합화 같은 향기로운 인생이 있다

세상이 감당할 수 없는
그런 순전한 사랑이 있다

타인의 아픔

건장한 아들을 군대에서
사고로 잃은 어머니는
길거리 군복 차림의 청년을
대하기가 너무 힘이 듭니다

낯선 거리를 걷다 가도
익숙한 아픔의 파편들을 만나면
우린 또다시 목이 메입니다

잊어야 함에도 잊을 수 없는
떠나야 함에도 떠날 수 없는
아픔의 자리
아픔의 시간에 묶여
온 마음으로 아파하며
살아가는 사람들이 있습니다

그 아픔의 자리에 서 보기 전에는
서툰 위로도 함부로 하지 말아야 합니다

그가
충분히 아파할 수 있도록
충분히 분노할 수 있도록
그의 이야기를 끝까지 들어주어야 합니다

할 수만 있다면
그보다
낮은 자리로 내려와
그의 슬픈 눈을 올려다보아야 합니다

할 수만 있다면
무릎으로 다가가
그의 지친 어깨
꼬옥 한번
안아 주어야 합니다

아픈 마음이었습니다

우리를 힘들게 했던
아이들의 마음은
나쁜 마음이 아니라
아픈 마음이었습니다

아파도 아프다
말할 수 없었던
외로움들이었습니다

어두운 밤에도
돌아갈 곳이 없는
막막함이었습니다

마셔도 마셔도
채워지지 않는
지독한 목마름이었습니다

누구의 잘못 없이도

운명처럼 주어진
모진 결핍이었습니다

언젠가 당신이 겪었던
또, 내가 겪었던
익숙한 통증이었습니다

믿어 주는 한 사람만 있어도
다시 일어서고 싶은
간절한 바램이었습니다

결코 외면할 수 없는
같은 색깔의 아픔을 가진
소중한 동행이었습니다

끝까지 함께 품고 가야 할
다음 세대
우리 희망의 씨앗이었습니다

향기로운 인격

잘못한 것을
잘못했다고
말할 수 있는
그 쉬운 행동 하나
가르치기가 쉽지 않은
세상입니다

친구보다
적이 많아지는 건
잘못을 많이 저질러서가 아니라
잘못에 대한 반성이 없는 탓입니다

너는 깨끗하냐며
큰소리치는 무례한 사람으로
살아가는 탓입니다

자신의 잘못이 생각나면
어두운 밤에도

산을 넘어 찾아가던
옛 어른들의
맑은 마음이 그립습니다

배고픈 시절에도
밥 한 끼보다
부끄러움을 먼저 챙기던
향기로운 인격들이 그립습니다

상대를 탓하기 전
내 탓임을 먼저 고백하는
착한 마음들이 너무 그립습니다

故 이태석 신부의 무덤

먼 길 물어 찾아간
당신의 묘가
평범해서
고마웠습니다

당신이 살아온
겸손한 삶에 어울리는
작은 무덤이어서
다행이었습니다

비싼 명당자리
화려한 묘석으로 치장한
과장된 무덤이 아니어서
마음이 놓였습니다

가장 아픈 곳으로 찾아가
견고한 생명을 키워 가던
당신의 치열한

땀의 노래를
다시 한번 들을 수 있는
소박한 무덤이어서
당신이 또 그리웠습니다

남김없이 주고도
늘 행복해하던
당신의 환한 미소가 생각나
묘비에 손을 얹고
안 그런 척 몰래
눈물 한 방울
흘리고 왔습니다

나침반

한 방향만 가리키는
작은 능력으로도
나침반은
얼마나 소중한 물건인지요

갈림길 한 모퉁이
낡은 모습으로 서 있어도
이정표는
얼마나 반가운 선물인지요

끝까지
제자리를 지켜 가는
이름 없는 존재들로 인해
오늘도 세상은
얼마나 견고히 흘러가는지요

다른 재주 없어도
한 방향이라도

정확히 가리키는

나침반 같은 교사로 살아가길

다짐하고 기도합니다

경제 수업 시간

애들아
부자는 돈이 많은 사람이지
잘 사는 사람이 아니야
가난한 사람은 돈이 없는 거지
못 사는 사람이 아니야

잘 사는 사람이란
땀 흘리는 수고를 마다하지 않는 사람
그 수고의 열매를 나눌 줄 아는 사람
공동체의 작은 질서도 존중하는 사람
약자에게 정중한 배려를 할 줄 아는 사람
내 몸처럼 이웃의 몸도 소중히 여기는 사람
편안한 삶보다 보람된 삶을 찾아가는 사람
혼자만의 성공보다 함께 성공하기를 기뻐하는 사람
눈높이를 맞추기 위해 기꺼이 무릎을 꿇을 줄 아는 사람

못 사는 사람은
돈은 많아도 나눌 줄 모르는 사람

돈 외에는 자랑할 것이 하나도 없는 사람
돈 없이는 만날 수 있는 친구가 한 명도 없는 사람
큰 집은 가졌지만 생각의 방은 지극히 좁은 사람
자신의 생각과 다르면 불같이 화를 내는 사람
자신의 행복을 위해서 남의 행복을 쉽게 침범하는 사람

그러니 너희들은
돈만 많은 사람으로 살아서는 안 돼
소유를 위해 존재를 해치는
어리석은 사람으로 살아서도 안 돼

수요와 공급으로 결정되는 합리적인 삶보다
희생과 나눔의 비합리적인 삶이
우리를 더 행복하게 할 수 있음도 알아야 해

성공의 열매를 나눌 줄 아는 사람이
진정 성공한 사람임을 알아야 해
최소한 소득의 백 분의 일은

나보다 힘든 이웃을 위해 기꺼이
사용할 줄 아는 멋진 사람이 되어야 해
자, 오늘 수업은 여기까지

복지리

복어는 독이 있는
위험한 생선이지만
독을 구별하여
요리할 수 있는
사람에게는
근사한 식재료가 됩니다

위험한 건
어떤 사상이나
책이 아니라
무엇이 독인지를
구별할 줄 모르는
편협한 내 사고였음을
맑은 복지리 한 그릇을
앞에 두고
아프게 깨닫습니다

눈물을 아끼지 말아야 합니다

변화되어 가는 아이들을 보면 고마워 눈물이 납니다
절망의 자리에서 일어나 다시 제 길을 찾아 나서는
아이들의 뒷모습을 바라보면 가슴이 먹먹해집니다

아이들은 자신을 위해
울어 준 사람을 기억합니다

자신에게 마음을 열어 주었던
고마운 사람의 이름을 기억합니다

넘어진 자신을 일으켜 주었던
따뜻한 손을 기억합니다

세상을 향해 겨누었던
마음의 칼을 내려놓게 했던
인내와 수고를 기억합니다

아무도 자기편이 되어 주는 사람이 없었을 때

나는 네 편이라고 말해 주던
마지막 한 사람을 평생 마음에 간직하며 살아갑니다

우리 곁엔 여전히
눈물이 필요한 아이들이 있습니다
그 눈물로 자라는 아이들이 있습니다

때론 내 진심을 몰라주는 억울한 오해들로
마음 무너지는 날도 있겠지만
아이들이 절망의 자리에서 돌이켜
희망을 노래할 수 있다면
우린 결코 눈물을 아끼지 말아야 합니다

그 눈물로 인해
우리 아이들이 뿌리 깊은 나무로 자라
이 땅에 푸른 숲 무성해지는 행복한 아침을
우린 분명 보게 될 것입니다

3부

밟혀야
디딤돌
밟히지
않으면
걸림돌

무익한 종

길가 버려진
작은 들꽃이 되고서야
당신께 노래하는 법을 알았습니다

아무도 봐 주지 않는 밤
홀로 피어나는 꽃처럼
나의 봉사도 그러하면 좋겠습니다

옥합을 깨뜨려 기름 붓던 여인처럼
나의 욕심도 깨뜨려
당신 앞에 온전히 겸손한 자
된다면 좋겠습니다

금 그릇 아닌
깨어진 질그릇의 삶으로도
당신이 주신 보화로 기뻐할 수 있는
오늘의 평화가 참으로 감사합니다

썩어지는 밀알들을 통해
이루시는 당신의 나라
그 나라에 나도 이젠
한 알의 밀알이고 싶습니다

당신으로 인해 낮아짐이
당신 위해 썩어짐이
왜 이리도 소중한 행복인지요

내 영혼 회복시킨
당신의 사랑 앞에
난 항상
무익한 종이옵니다

감춰진 축복

누군가의 때 묻은 발을 씻어 주는 동안
내 손도 깨끗해졌습니다
누군가의 무거운 짐을 함께 지는 동안
내 짐도 가벼워졌습니다
누군가의 아픔에 함께 울어 주는 동안
내 아픔도 치유되어졌습니다

용서하라
낮아져라
거저 주라 하신
아버지의 뜻 깨닫고 보니
그건
내 행복을 위한
감춰진 축복의 통로였습니다

가난이란
소유의 적음이 아니라
나눌 수 없는 마음이었습니다

메마른 사막에도
샘물 솟게 하셨듯이
메마른 내 삶에도
영혼의 목마름 해결할 수 있는
맑은 샘 하나 솟아나게 하소서

때로는 내 작은 선행이
지친 이웃의 눈물을 닦아 주는
예기치 못한 선물이게 하소서

욕심내지 않고
남 탓하지 않고
아버지의 뜻대로만 살아
깨끗한 손 소유한
착한 인생이게만 하소서

노아의 기도

산꼭대기에 배를 지은 지
백이십여 년
그 긴 기다림 끝에
드디어 비가 옵니다

약속하신 심판의 홍수로
보란 듯이 방주가 떠오른다면
세상 사람들은 나를 더 이상
미친 노아라 조롱하지 않겠지만
내 주께 구하오니
이 비를 한 번만 멈추어 줄 수는 없으신지요

커다란 배 쓸모없이
산 위에 덩그렇게 남아
어리석은 노아라
세상 사람들 내 이름
영영히 조롱하게 될지라도

산꼭대기에 배를 짓던 지독한 수고
가슴 터질 것 같은
억울한 오해의 아픔도
이젠 내려놓겠습니다

이 땅 위에 내 이름 없어도 좋습니다
하나님이 불러 주신 당대의 의인 노아
자랑스러운 내 이름 감춰져도 좋습니다

이 비 멈추어 목이 곧은 백성
다시 한번 주께로 돌아가는
구원 날 허락된다면
하나님, 저는 괜찮습니다
저는 잊혀져도 괜찮습니다

엎드려 구하오니

이 백성 다시 한번 용서하사

멸망의 자리에 서지 않도록

이 비를 멈추어 줄 수는 없으신지요

한 번만 더 저희를 참아 주실 수는 없으신지요

서로를 지키는 자

우리는 서로를 지키는 자로 살아야 합니다
내 책임 아니라고 연약한 손 외면하지 말고
너 때문에 내가 손해 본다 미워하지도 말고

가는 길이 다르고
인사하는 방법이 다르고
혹은 나와 다른 왼손잡이일지라도
그를 지키는 것이
결국 나를 지키는 일임을 잊지 말고

'내가 동생을 지키는 자이니까'
못된 변명하던 카인처럼 살지 말고

서로의 눈물을 닦아 주며
서로의 바람을 막아 주며
서로의 징검다리가 되어
함께 전진해 가는
우리는 서로를 지키는 자로만 살아야 합니다

질그릇의 노래

값비싼 향유
귀한 보배보다
내 몫의 아픔을
겸손히 채워 가는
질그릇이게 하소서

작은 들꽃의 삶으로도
저 혼자는
늘 넉넉한 행복인 것을

더 이상
질그릇으로 빚어진
내 모습을
탓하진 않겠습니다
가슴을 열고 보면
모두가 아픈 마음들

지친 영혼의

발 씻길 물을
내게 부으소서

난 흙이오니
낮아지고
깨어져도
당신의 높은 뜻
온전히 담아내는
깨끗한 질그릇이게만 하소서

소명

거룩의 영토를 넓혀 가던
그 사람의 옷은
낡고 더러웠습니다

평안의 자리를 만들어 가던
그 사람의 손은
많이도 거칠었습니다

행복한 사명자의
무릎 아래에는
뜨거운 눈물 자국만 가득했습니다

소명의 길은 쉽지 않았습니다
선한 세상을 만들어 가는
작은 변화도
지독한 수고와 희생으로
만들어진다는 것을
그의 삶을 통해 알았습니다

자신을 낮추어
이웃을 높이던 사람
자신을 깨뜨려
이웃을 살리던 사람

그 소명의 사람이
꿈꾸던 거룩의 영토에
나도 서 있을 수 있도록
옷이 더러워지는 일도
손이 거칠어지는 일도
기꺼이 감당하는 낮은 마음이
내 삶에도 가득 임했으면 좋겠습니다

디딤돌

밟혀야 디딤돌
밟히지 않으면
걸림돌이 된다는 것을

당신을 밟고 건너던
고난의 강가에서 알았습니다

한마디 불평도 없이
묵묵히 제자리를 지켜 가는
당신의 섬김을 보며
내게도
작은 꿈 하나 생겼습니다

아무것도 책임지지 않는
혼자만의 자유로운 삶을
동경한 적도 있지만
이젠 당신 곁에
내 자리를 잡으려 합니다

당신을 딛고
또 나를 밟고
누군가가 위기의 시간을
무사히 건너갈 수 있도록

당신이 나아가고자 했던 방향으로
한 발 더 뻗은 징검다리가 되어
당신의 꿈 함께 이루며 살겠습니다

밟히는 디딤돌로 살아도
노래하며 살 수 있는
비밀스러운 행복

나도 당신처럼
온전히 누리며 살겠습니다

슬픔 하나에 詩 하나

슬픔 하나 만나
詩 하나 얻고,
절망 하나 품어
노래 하나 얻는다

남아 있는
내 아픔의 날들 속에는
또 어떤 노래, 어떤 시가
숨어 있을까

기쁨보다 슬픔 쪽으로
더 예민하게 나를 만드신
그분의 섭리 앞에
내 슬픈 노래와 詩도
소명을 다한 열매가 될 수 있을까

슬픔의 강변을 거닐며
詩 하나 건져서 돌아오는

이 흐린 날도
그래서 내겐 축복일 수 있을까

끊어질 듯 가는 현(絃)으로 살아가는
내 인생의 불안한 고음도
당신의 나라에 어울리는
온전한 화음으로 사용될 수 있을까

비 오면 흔들리고
바람 불면 주저앉는
내 빈약한 넋두리도
의미 있는 기도가 될 수 있을까

이렇게 많이 넘어지고서도
그날에
잘했다 칭찬받는
착한 종으로
그분 앞에 설 수 있을까

겸손

부족하면 부족한 대로
연약하면 연약한 대로
우린 사용되기를
주저하지 않아야 합니다

온전해진 후에 사용되리라는
감춰진 교만은
내려놓아야 합니다

부족하다는 핑계로
다음을 약속하지도 말아야 합니다

자주 사용될수록
더 깨끗해지는 그릇처럼
자주 사용될수록
우리 삶도 더 깨끗해질 수 있습니다

부족한 모습으로 시작하였기에

상대의 실수에 대해서도
용서가 더 쉬워질 수 있습니다

내 모습 부족해도
나를 필요로 하는 곳이 있다면
기꺼이 자신을 먼저 내어놓는
착한 마음이
바로 겸손입니다

위로자

상처가 많아
눈물이 많았습니다
그 눈물
마음 깊은 곳으로 흘러
하릴없이 속만 깊어졌습니다

속 깊어진 마음으로
바람이 지날 때면
좋은 소리가 났습니다
작게 불러도 울림이 좋아
좋은 노래 하나 가지게 되었습니다

그 노래 알뜰히 가꾸어
아픈 마음 위로하는
착한 지혜 하나 배웠습니다

깨어진 마음 틈으로 스며들던
정갈한 빛들을 모아

위로의 詩 하나 엮으며 살겠습니다

상처의 크기에 맞는
추억의 조각보들 모아
지친 영혼의 시린 발 덮어 주는
따뜻한 이불 되어 살겠습니다

가꾸지 않은 들판이 아름다운
비밀스러운 이유를 전하며 살겠습니다

돌아갈 곳이 없는 사람들의
차가운 손 감싸 주는
따뜻한 손 되어 살겠습니다

설명하지 않은
속 깊은 아픔도
앞선 경험으로 헤아리는
상처 입은 위로자로 살겠습니다

당신과 나의 거리

당신과 나의 거리를 재어 봅니다
상처받지 않을 만큼
책임지지 않을 만큼
적당한 거리에 떨어져
필요할 때만 당신을 찾는
부끄러운 나를 보게 됩니다

그럼에도
난 여전히 당신 안에 있습니다
당신의 사랑이 너무 커서
당신의 용서가 너무 커서
때론 넘어져 낭떠러지를 굴러도
난 여전히 당신 안에 있습니다

성실치 못한 내 노동으로도
일용한 양식을 얻을 수 있는 건
나를 향한 당신의 계획이 성실한 탓입니다

당신께 온전한 사랑 한 번 드리지 못하고
갑자기 세상을 떠나게 될지라도
십자가 우편 강도처럼
낙원에 있을 수 있는 건
날 용서하신 당신 사랑이
한없이 크신 이유입니다

당신께 다가서는 부끄러운 한 발자국에도
그렇게 기뻐하시는 당신의 깊은 사랑을
언제쯤이면 온전히 이해할 수 있을까요

당신의 나라 문밖에 서서
오늘도 발만 동동거리는
철없는 탕자가 여기 있습니다

가을 밭

다른 사람들의 수고로만
배 채우며 살아온
부끄러운 날들

내 마음 밭에도
그 누군가의
목마름, 허기를
채워 줄 수 있는
좋은 열매 하나
익어 가는
가을이면 좋겠습니다

문득문득 깨닫는
진리의 파편이라도
알뜰히 묻어
물 주고 거름 덮어
생명 냄새나는
열매로 키워 내는

선한 농부로
살 수 있다면 좋겠습니다

가끔은 빈 들에 서서
남모르는 기도로
석양을 맞이하는
경건한 인생일 수 있다면 좋겠습니다

만나

광야에서 내리던
만나의
유효 기간은
하루

내일 몫까지 챙기는
의심 많은 우리에게
매일이 선물임을
깨닫게 하시려고
하늘에서 정하신
만나의 유효 기간은
하루

내일도 새것으로
줄게 약속하시는
아버지의
신실하심으로 만든
만나의 유효 기간은

하루

우리의 욕심이 아니라
우리의 필요를 채우시는
아버지의 온전한 섭리
깨닫게 하시려고
아침마다 내리는
만나의 유효 기간은
하루

매일이
기적이고
감사임을
알게 하시려고
도시의 분주한 거리에 내리는
오늘의 만나도
유효 기간은
하루

이름 없이 살아도

유명(有名)의 위태로운 삶보다
무명(無名)의 자유로운 삶이
우리를 더 많이 웃게 한다

시린 손 녹여 주는 고마운 위로는
따뜻한 찻잔의 온기로도 충분하기에
우리 인생 너무 뜨겁지 않아도 괜찮다

남다른 소유 없어도
힘든 날 부를 수 있는 노래 하나 있어
먼 길 혼자서도 갈 수 있다면
우리 삶 넉넉하다 말할 수 있으리

남기고 갈 큰 집이 없다고
실패한 삶이라 누가 말하랴

내게 없는 것들로 기죽지 말고
이미 주어진 것들로 감사하며 살아가자

자신에게 먼저 착한 사람이 되어 살아가자

들판의 나무들처럼
조금씩 그늘을 넓혀 가며
꾸준히 자라가는 것만으로
인생은 충분히 아름다운 것을

누가 알아주지 않아도
서두르지 않는 강처럼
저마다의 속도에 맞춰
묵묵히 바다로 흘러갈 뿐이다

다음은 없습니다

다음에 찾아뵙겠습니다
찾아가지 못했습니다

다음에 연락드리겠습니다
연락하지 못했습니다

다음에 배우러 가겠습니다
배우러 가지 못했습니다

다음에 식사 한번 하시죠
끝내 하지 못하고
그를 떠나보냈습니다

약속한 다음은 오지 않았습니다
세월은 빠르고, 삶은 분주하고
그 사람은 기다려 주지 않았습니다

용서하기를

사랑하기를 미룰 만큼
우리 삶은 그리 길지 않았습니다

한 치 앞도 내다볼 수 없는
연약한 우리에게 다음이라니요

다음은
진심이 없는 변명의 말입니다
열매를 기대할 수 없는 죽은 말입니다

다음은 오지 않습니다
필요하다면 한밤중에라도 달려가
아까운 서로를
더욱 부지런히 만나고 살아야 합니다

다음을 약속하는 못된 습관에서
이젠 빨리 돌아서야 합니다

그날이 내게도 옵니다

내 앞에 서 있는 사람이
아무도 없을 때가 옵니다
내가 줄의 가장 선두일 때가 옵니다
모르는 걸 물어볼 수 있는 어른이
주위에 더 이상 없을 때가 옵니다

갑자기 노안(老眼)이 찾아왔듯이
물러설 수 없는 벼랑 끝에
갑자기 서는 날이 옵니다

먼저 떠난 사람들에게 그러했듯이
세월은 머뭇거리고 있는
내 사정도 봐주지 않을 것입니다

예측하지 못한 상황을 만나
낯선 곳에서 비를 맞으며
보내야 했던 그 밤처럼
그날도 담담히 견딜 수 있기만을

기도할 뿐입니다

살아온 날들 돌아보니
맑은 날도 좋았지만
흐린 날도 나쁘지만은 않았습니다
슬픔의 날에 발견한 행복도 적지 않았습니다

아픔의 날도, 절망의 날도
버릴 수 없는
소중한 시간이었음을
이제사 깨닫게 됩니다

세상을 원망하지 않고
사람을 원망하지 않고
끝까지 교양 있는 말투를 사용하는
사람으로 살다가
조용히 길 떠나는
착한 인생이고만 싶습니다

4부

내
그리움은
당신
하나로
너무
충분하다

미안한 안부

너와 함께 부르던 노래
이젠 혼자 부른다
괜찮다
슬프지 않다

누구의 잘못 없이도
인생은
아프고 외로운 거더라

무섭던 세월에 밀려
너와 나 멀어진 건
나쁜 마음 아니었으니
미안한 안부는
서로 묻지 않기로 하자

낡은 기타로도 쉽게
노래가 만들어지던 시절
너의 좋았던 화음은

아직도 내 가슴에 남아 있어
그 노래 혼자 불러도
마지막은 늘 행복한 듀엣이 된다

이젠 안다
보고 싶어도
찾아갈 수 없는
그리움이 있다는 것을

너와 함께 부르던 노래
오늘은 혼자 부른다

괜찮다
아프지 않다
부디 너도 그랬으면 좋겠다

아내의 신발

아내의 신발에는 아픈 돌멩이가 하나 들어 있다
아무리 빼려 해도, 털어도 나오지 않는 돌멩이가 하나 있다
신을 때마다 발을 아프게 하는 성가신 돌멩이로 인해
보드라운 아내의 발에 자주 물집이 잡히고
이젠 흉한 굳은살까지 생겼다
고약한 신발을 확 내팽개치고도 싶지만
어쩔 수 없이 아내는 아픈 그 신발을 아직까지 신고 산다
누구나 짐작은 할 수 있어도
쉽게 공감할 수 없는 속 깊은 아픔을 감내하며
'그래도 맨발보다 낫네' 스스로 위로하며
고약한 신발을 오늘도 아프게 신고 살아간다

그 신발은 내가 골라 준 거다
평생 행복한 길 걷게 해 줄 거라며 내가 직접 신겨 준 신발이다
살면서 이보다 더 예쁜 신발 많이 사 줄 거라며
꼬드겨 신긴 신발이다
인생길 함께 가고 싶은 욕심에 어린 아내에게
흠 있는 신발을 성급하게 내가 신겼다

새 신발을 사 준다던 약속은 지키지도 못한 채
어느새 세월은 훌쩍 흘러
아내의 발은 자꾸 망가져 걸음걸이도 이상해지고
발의 아픔은 얼굴의 웃음도 걷어 갔다
그사이 내 신발 안에도 뾰족한 돌멩이가 여러 개 생겨
내 걸음도 기우뚱 이상해졌지만
아내의 신발을 볼 때마다 마음이 아프고
당장 아내의 신발을 바꾸어 주지 못하는
막막한 내 처지가 한심하여 내 가슴에도
자꾸만 멍이 들어갔다

아픈 신발을 신고 살아야 하는 사람도 있고
신발 안의 아픈 돌로 살아야 하는 사람도 있다
누군가의 귀한 인생에
아픈 돌이 되어 살고 싶은 사람이 누가 있으랴만
누군가의 인생에 아픈 돌로밖에 살 수 없는
기막힌 처지를 만나는 게 우리 인생인데

아내의 신발을 볼 때마다
"그 사람의 신발을 신고 5리를 걸어 보기 전에는 그 사람을 비
판하지 말라."라는
인디언 속담만 무슨 깨달음처럼 되뇌며
나의 죄책감을 감추며 살아간다

언젠가 아내의 오래된 신발을 벗겨 내고
곱고 보드라운 새 신발 신겨 주는 행복한 날 주어진다면
미안한 마음, 고마운 마음 한껏 담아
속 깊은 고백 온 맘으로 전해 보리라
아픈 길 오래도록 걷게 한 미안함이
아내를 더 사랑하게 했다는 변명 아닌 변명은 조용히 묻어 둔
채로

1923년생 아버지

배고프고 서럽던 식민지 시대에 태어나
한국 전쟁의 위태로운 시기를 지나
보릿고개를 헐떡이며 넘어 여기까지 왔다

슬픈 시대, 슬픈 나라에 태어나
슬픈 부모를 만나
슬픈 자식으로 살아온 건
내 잘못 아니다

비굴하게 살지 않고는
하루 버티기도 힘든 험한 세상에
빈손으로 내몰린 건 내 잘못 아니다

비겁한 아비가 되어서라도
내 자식 밥은 굶기지 말아야 했기에
내 몸 아픈지도 모르고
새벽부터 죽으라고 뛰고서도
벗어나지 못한 가난 물려준 것도 내 잘못 아니다

억장이 무너지던 식민지 징용에서
가슴에 피멍 들던 낙동강 전투에서
악착같이 버텨
죽지 않고 살아남은 게 죄라면 죄다

지문이 닳아 버린 거친 손으로 살고도
부모 호강 한번 못 시켜 드린
미안한 아들로 살아야 했고,
자식들에겐 부끄러운 아비로 살아야 했던
초라한 내 인생을 너무 욕하지는 마라
한평생 한 많은 인생으로
살고 싶은 사람이 세상에 누가 있으랴

용서하렴
부디 우리를 용서하렴
짐이 되려고 사는 건 아닌데
누구의 잘못 없이도
우리 존재가 이미 짐이 되어 버려

아침부터 저녁까지 힘들게 버텨도
너희에게 우린 피하고 싶은 현실
달아나고 싶은 무거운 족쇄일 뿐

그 부담감을 바라보고 사는
우리 가슴도 이렇게 시퍼렇게 멍들어 가는데

원망할 수도 없는 무심한 세월 속에
쉽게 죽지도 못하고 살아가는
오늘 하루가
그저 힘들고,
아프고, 미안할 뿐이다

따뜻한 양지가
엄마 품처럼 늘 그리울 뿐이다

그 남자의 슬픔

4월의 꽃들이 만개한 봄날
눈에 넣어도 아프지 않을
딸아이의 결혼식을 마치고
혼자서 아내의 무덤을 찾아가던
그 남자의 슬픔을 헤아려 본다

모두가 행복한 결혼식장
아내의 빈자리가 혼자만 슬퍼
헛기침으로 참아 내던
그 남자의 속눈물을 헤아려 본다

예쁜 신부로 잘 자라 준 딸아이와
잘생긴 사위 놈 사진을 보여 주다
끝내 무덤가에 주저앉아 울고 마는
그 남자의 서러운 자책을 헤아려 본다

저무는 석양을 뒤로하고
일상으로 돌아가는

남자의 굽은 어깨 위로
흔들리며 지고 있는 마지막 벚꽃들이
아내의 손길인 것만 같아
몇 번이고 돌아서서 먼 산을 바라보던
그 남자의 막막한 외로움을 헤아려 본다

태연한 척 생명을 키워 가는
4월의 아픈 가슴속으로
강물 같은 슬픔 하나
소리 없이 흘러가고 있다

나무도 운다

때로는
나무들도 서로를
끌어안고 싶은지 모른다

서로의 손 꼬옥 잡고
서러운 눈물
닦아 주고 싶은지 모른다

정해진 자리에
운명처럼 내린 뿌리 탓에
서로에게 다가갈 수 없을 때
나무는 속으로만 운다
한없이 쳐다만 보다
끝내 마음으로 운다

그대 너무 아파하지 마라
무거운 짐
혼자 지지 마라

위로의 한마디 전하기 위해
나무도 가끔은
허옇게 뿌리를 드러내고
건너편 나무에게로
달려가고 싶은지 모른다

홀로 남아
메말라 가는
건너편 나무와
눈 마주치게 되면
순한 나무도
엉엉 소리 내어 우는지 모른다

엄마

엄마만 있으면
초라한 건물도 따뜻한 보금자리가 되고
평범한 한 끼도 정겨운 집밥이 됩니다

엄마가 있어
온 산천에 눈 내려도 춥지 않고
허기진 가슴은
저녁마다 넉넉한 쉼을 얻습니다

엄마가 있어
험한 세상 앞에서도
당당히 가슴 펴고 살았습니다

꽃 피고,
무지개 떠도
엄마 없으면 아무것도 아닙니다

엄마 없는 세상에서는

아름다운 것일수록
더 큰 슬픔의 이유가 됩니다

엄마가 있어 이만큼 살았습니다
엄마가 있어 여기까지 왔습니다
변치 않는 사랑 있음도
엄마 때문에 알았습니다

세상 아무리 둘러봐도
엄마 품보다 더 따뜻한 건
하늘 아래에는 없습니다

부모 그늘

하나를 준 사람에게
둘을 줍니다

하나도 주지 않은 사람에게
내 소중한 하나를 나눠 줍니다

아이는 아버지의
이런 셈법이 못마땅합니다
굳이 이렇게까지 할 필요가 있냐고
화를 냅니다

자녀를 위한 부모의 그늘은
이렇게 만들어지는 거라고
아버지는 속으로만 대답합니다

세월 지나 어른이 된 후
모질게도 힘든 하루를 만나
부모 그늘에서 쉬게 되는 날

아이는 오늘의 셈법을
깨닫게 될 것입니다

소중한 하나를
더 나눠주므로 만든
부모의 그늘이
얼마나 고마운 것인지

큰 그늘 가진
큰 나무로 산다는 것이
얼마나 복된 일인지
아이는
그때서야 깨닫게 될 것입니다

엄마 마중

늦은 밤 하교하는 딸아이를 마중하러
엄마가 집을 나선다
험한 세상에 행여 딸아이가 다칠세라
어두운 골목길로 엄마가 마중을 간다
훌쩍 커 버린 덩치로는
딸아이가 엄마를 지켜야 할 것 같은데
엄마에게 아이는 여전히 세상 물정 모르는
밤길에도 엄마만 있으면 웃음이 절로 나는
철부지일 뿐이다
간혹 만나는 술 취한 주정꾼 앞에서도
엄마만 있으면 세상은 만만해진다

엄마는 그렇다
목숨을 다해서라도 끝까지 책임지는 사랑이 있기에
어떤 어둠도 내 아이를 건드릴 수 없는
엄마는 세상에서 가장 강한 사람이 된다
딸아이 마중을 위해
밤길을 겁 없이 나서는 엄마도

한때는 누군가의 철부지 딸이었을 텐데
그 엄마의 엄마가 그러했듯이 끝없는 자식 사랑이
연약한 엄마를 세상에서 가장 강한 사람으로 만든다
훗날 딸아이도 엄마가 되고,
문득 자기보다 작아져 있는 엄마를 발견할 때쯤
딸아이는 기억하리라
마중 나온 엄마와 함께 걸어갔던 정다운 골목길과
한없는 사랑으로 나를 기다려 주던 엄마의 다정한 눈빛을
나를 위해 그렇게 조금씩 닳아 가고 있었던
엄마로 불린 고마운 천사가 있었음을
고마운 사랑 다 갚기도 전에 훌쩍 떠나 버린
엄마, 우리 엄마가 있었음을

초겨울 찬바람 부는 어두운 골목길로
오늘도 키 작은 엄마가 총총 딸아이 마중을 나간다

막막한 새벽

이른 새벽
대학 병원 복도를 오가는
휠체어 하나

아파서 우는 아이와
옆에서 같이 우는 엄마

대신 아파 줄 수도 없어
애만 타는 엄마의 자책이
끝내 눈물이 된다

"엄마가 미안해.
엄마가 정말 미안해."
기도처럼 되뇌는 탄식이
무너진 마음에
한겨울 찬바람처럼 파고든다

잠 못 드는 막막한 새벽

길을 잃고 서 있는
젊은 엄마의 지친 어깨 위로
새봄엔 따뜻한 햇살만 가득하길
먼발치에 서서 간절히 기도한다

슬픈 가장(家長)

눈 어두워진 어머니의 발톱을 깎아 주는
착한 아들이고도 싶고
지친 아내의 마음을 보듬어 주는
착한 남편이고도 싶고
딸아이의 감수성을 품어 내는
착한 아비이고도 싶지만
그 착함을 이루어 갈 능력이 내겐 없습니다

힘들어도 힘들다 말할 수 없는
슬픈 가장이 되어
혼자 숨어 울었던 날들도 여러 날입니다

뭉툭해진 어머니의 발톱을 깎다 슬퍼지고
늙어 가는 아내의 눈가 주름을 보다 슬퍼지고
딸아이의 무심한 눈빛에 마음 베여 슬퍼지고

착한 사람으로 살고 싶은 소원과는 달리
슬픈 사람으로만 살았습니다

누구도 행복하게 할 수 없는
멍든 마음으로만 살았습니다

그래도 힘든 날 달아나지 않고
끝까지 제자리 지켜 낸 것 대견해
오늘은 거울 보며 혼자 웃어 봅니다
'이만하면 잘 살았지'
스스로 위로하며 한참을 들여다봅니다
꿈 많던 소년은 사라지고
슬픈 중년의 한 남자 빙그레 웃어 줍니다

먼 하늘을 우러르다
'고생했다' 다독이는 음성 하나
바람결에 들은 것도 같습니다

평범한 주일 오후
슬픈 가장 혼자
베란다 창문가에 서서
먼 하늘 바라보며
웃는 듯, 우는 듯
또 그렇게
인생의 한 고개를
담담히 넘어갑니다

친구

문득
떠오르는 그리움으로
찾아가더라도
늘 첫눈처럼 반가운 사람

한마디 인사로도
시린 손 따뜻이 데워 주는
서로의 가슴속에
불씨 같은 사람

외로움의 이유를 같이하는
운명으로
마지막까지 위로자로 남는 사람

서로 제 갈 길 가야 함이
슬픔의 이유가 되지 않는
적당한 거리의 염려와 사랑으로
늘 동행하는 사람

그의 어깨에 기대어 마음껏 울어도
부끄럽지 않은 사람
괜찮다, 괜찮다
끝까지 믿어 주는 사람
그저 존재하므로 고마운 사람

메마른 나로
열매 맺게 하는 사람
얕은 나로
뿌리 깊은 나무가 되게 하는 사람

내 노래가 되는 사람
내 詩가 되는 사람
나로 기도하는 삶을 살게 하는 사람
힘든 오늘도
살만한 인생이라 고백케 하는 사람

너는 그런 사람

내게 넌
그런 고마운 사람

치매

그렇게 점잖던 그의 입에서 험한 욕들이 튀어나오고
숨겨둔 욕망들을 거침없이 쏟아 내는 모습은 충격이었습니다
언제나 반듯한 모습으로 살아온 사람 좋은 그가 치매에 걸린 후
한평생 지켜온 그의 품격은 한 번에 무너져 버렸습니다
가난한 6남매 맏이로 태어나 가족들을 책임지며
참고만 살아온 세월 속에 그의 뇌와 심장은
더 이상 스스로를 통제할 수 없는 지경에 이르러
이제껏 참았던 아픔을 여과 없이 드러내고 있었습니다
아파도 팽개칠 수 없어, 힘들게 붙들고 살아야 했던
날카로운 유리 조각 같은 슬픈 운명을
이제는 아무에게나 내동댕이치는 이기적 인간이 되어 버렸습니다

'한평생 저렇게 살았구나
저런 상처 감추며 살았구나
저런 불덩이 같은 마음 억누르며 살았구나
저런 미운 놈 끝까지 품고 살았구나
저런 억울함 때문에 밤잠을 설쳤구나'

초점 잃은 그의 눈을 보다 가슴이 먹먹해졌습니다
그의 슬픔이 고스란히 전해져 눈물이 났습니다
숨기고 살았던 욕망을 비로소 쏟아 내는
그를 누가 위선자라 욕할 수 있을까요
그가 참아 낸 세월 덕분에 우린 또 얼마나 행복했던가요

집으로 돌아오는 길에 소심하게도
늙어서 치매는 절대 걸리지 않기를 기도했습니다
무너진 내 모습이 누군가의 마음을 아프게 할 것 같아
혼자만 아프다 죽을 수 있는
착한 병만 허락되길 기도했습니다

아픔을 견디며 살아온 내 착한 이웃들도
치매는 걸리지 않기를 바라는 엉뚱한 기도를
제법 오래 하였습니다

다른 사람을 위해 희생하기보다
나 자신에게 먼저 착한 사람이 되기를 다짐하는
마음 뾰족한 기도도 혼자 조심스럽게 해 보았습니다

나이 육십

불쑥 나이 육십이 찾아와도
놀라지 말 것
성내지 말 것
섭섭해하지도 말 것

멀쩡하던 몸에 해묵은 아픔
하나, 둘 늘어가도
억울해하지 말 것

알량한 자존심에 발목 잡혀
제자리걸음만 하는
어리석은 행동은
더 이상 하지 말 것

비겁하게 살아온
못난 나를
너무 책망하지도 말 것

비겁한 나를 용서하듯
연약한 타인의 삶도
흔쾌히 용서하는
넉넉한 마음으로 살아갈 것

가족들 마음 아프게 하는
치매는 걸리지 않도록,
혼자만 아프다 죽을 수 있는
착한 병만 허락되기를
진심으로 기도할 것

오늘이 내 생애
가장 젊은 날임을 기억하며
주어진 하루에 감사하며 살아갈 것

노인이 아닌 어른으로 기억되는
멋진 인생일 수 있도록
매일 아침 맑은 미소
열심히 연습하며 살아갈 것

그대 늙지 마라

그대 늙지 마라
막 피어난 목련 같은
그날의 모습으로
부디 그대 늙지 마라

당신에게 어울리는 옷
가고픈 나라의 비행기표
이제 겨우 마련했는데
야속한 세월은
오늘 그대를 아프게만 하고

당신 아픔을 막아 주지 못한
미안함이 오늘은 내 마음을
퍼렇게 멍들이고 있는데

미안타
정말 미안타
당신의 아픔이

못난 내 탓임을 알기에
정말 미안타

당신 아프지 않도록
빨리 늙어 가지 않도록
당신께 다가가는 세월
온몸으로 막아 봐도
세월은 빈틈으로 잘도 빠져나가
당신을 자꾸 아프게만 하니

무능한 나는
간절히 기도만 할 뿐
당신 아프지 않기를
조금만 더 천천히 늙어 가기를
선하신 하나님께 매달리고 조를 수밖에

아내

멀리 있는 사람만 그리워하는
나쁜 습성은 이젠 버려야 한다

뜨거운 이마를 짚어 주던
서늘한 손처럼
그리움은 가까운 곳에 있다

서로의 등을 기대어야
안심하고 잠이 드는
소소한 구속의 모습으로
그리움은 내 곁에 있다

내 뒷모습을
가장 오랫동안 지켜봐 준 사람
그 수치를 가려 주며
구겨진 내 뒷모습을
늘 단정히 다려 주던 사람

그 익숙한 그리움이
오늘은 저녁 밥상 너머에서
순한 눈빛으로 웃고 있다

고마운 동행의 인연 끝나는 날
낡은 베개의 낯익은 체취 때문에
우는 밤이 내게도 올지 모른다

남은 날 동안
먼 곳을 쳐다보는 일은
이제 없어야 한다

내 그리움은
당신 하나로 너무 충분하다

연민

길을 가다 우연히
나보다 몇 배나 더 무거운 짐을
지고 가는 그를 바라보다
그에 대한 연민인지
나에 대한 위로인지도 모를
눈물이 솟구친다

모진 운명 끌어안고
담담히 걸어가는
그의 뒷모습을 지켜보다
오래전 닫혔던
마음의 빗장 하나 풀리는
소리를 듣게 된다

어떤 날은
누군가의 짐을 대신 지기도 하고
또 어떤 날은
누군가의 짐이 되어 살기도 하는 것이

연약한 우리 인생인데

힘들다는 이유만으로
서로를 정죄하고 원망하는
부끄러운 처신은
이젠 그만 줄여 가야 한다

쇠잔한 그의 육체가
끝까지 짐의 무게를
감당할 수 있기를 기원하는
탄식 같은 기도가
낯선 거리에서
절로 절로 간절해진다

숨바꼭질

머리카락도 보이지 않게
너무 꼭꼭 숨어 버려
술래도 찾지 못해
혼자서 집으로 돌아가야 했던
어린 시절의 숨바꼭질

열심히 숨었던 건
누군가 찾아 주길 바라는
들키고 싶은 마음이었는데
들키지 않아 슬펐던
어린 시절 숨바꼭질 기억

어른이 된 후에는
견고한 고립을
훈장처럼 자랑하며 살아왔지만
그건 여전히
들키고 싶은 바램의
또 다른 표현일 뿐

마지막 순간에도
떠나온 마을 쪽으로
신발을 돌려놓고
강물에 몸을 던지던 사람들처럼
가르치지 않아도
사람 쪽으로 먼저 방향을 잡는
슬픈 본능으로 살아가는 우리

어둑해지는 저녁이 오면
이젠 들키기 쉬운 곳에 숨는다

나의 부재를 아쉬워할
누군가를 기다리며
가장 화려한 불빛 아래
내 자리를 잡는다

머리카락도 보이게

외로운 마음도 보이게

오늘은 태연히 술래 앞에 숨는다

남자도 울더라

남자도
안아 주면 울더라

아파서
외로워서
늙은 남자도
안아 주면 울더라

수고했다고
이젠 쉬어 가라고
마음 한 번만 다독여도
남자도 울더라

황소처럼 크게
한참을 울더라

발뒤꿈치로 오는 봄

겨울이 오고 감은
내 발뒤꿈치가 가장 먼저 안다

찬바람 불기도 전에
허옇게 메마르다
겨우내
갈라지고 아물며
더디 오는 봄을
저 혼자 기다린다

꽃 피는 3월
모처럼 나선 새벽 기도 길
거리를 청소하는 환경미화원의 옷은
여전히 두꺼운 겨울옷이었다
아물지 않은 내 발뒤꿈치처럼
추운 겨울을 벗지 못하고 있었다

봄은

꽃들의 화려한 개화로 시작하지만
진정한 봄은
갈라진 발뒤꿈치가 아물어야 온다
겨우내 아픈 것들의 상처가 나아야
비로소 온다

새벽을 견디는 사람들의
무거운 옷이
한결 가벼워질 때
그 짧은 봄은
더디 왔다 빠르게
우리 곁을 지나쳐 간다

함께 닳아 가는

험한 길을 달리며
함께 닳아 가는
자동차의 네 바퀴처럼
모진 세월 앞에서는
함께 닳아 가야 한다

감당할 수 없는
무거운 짐을 만나
마음 무너지는 날에도
함께 울고, 웃으며
우린
같은 속도로 늙어 가야 한다

아픈 세월 속에
저 혼자
멀쩡한 모습으로 산다는 건
얼마나 부끄러운 일인가

우리 인생의
마지막 자랑거리는
함께 극복한
상처의 흔적들뿐일 텐데
닳아서 사라짐을
겁내지 말아야 한다

삶의 고된 여정 마치는 날
수고로 거칠어진 우리 손을 잡고
고마워서 울어 줄 한 사람만 있다면
그걸로 우리 인생 충분하지 않을까

영정 속 미소가 다소 쓸쓸해 보여도
아름다운 인생이었다 말해 주지 않을까

추억 많은 삶

지나간 세월이
누구에게는 과거가 되고
누구에게는 추억이 됩니다

과거만 있고
추억이 없는 인생은 얼마나 불행할까요

추억은
흘러간 세월의 흔적이 아니라
사랑했던 마음의 흔적이기에
사랑한 만큼
우린 추억을 소유하게 됩니다

사랑하기를 포기한 채
혼자만의 편안한 세월을 살았다는 것이
자랑일 수는 없습니다

외롭고 힘든 인생의 날

지친 마음을 다독여 주는 건
과거의 사람이 아닌
추억의 사람이기에
추억 많은 삶이
진정 부유한 삶입니다

오늘 하루도 소중한
추억으로 저장될 수 있도록
내게 주어진 이웃들을
더욱 사랑하며 살겠습니다

미안한 사랑

최선을 놓친 후
선택한
차선인 줄 알았는데
지나고 보니
내 인생 최고의
선택이었습니다

평범한 보석인 줄 알았는데
세월 갈수록
더욱 빛나는
고귀한 보석이었습니다

최선의 존재를
차선으로 대하며 살아온
나의 무례에 용서를 구합니다

오히려
차선인 나를

최선으로 대해 준
고마운 사랑에 감사를 드립니다

당신 앞에 서면
자꾸만 부끄러워지는
미안한 사랑입니다

굽은 길 돌아서 간다

산길은 모두
굽어서 올라간다

심장이 견디는 만큼의 경사로
굽이굽이 돌아서 간다

정상을 향해
직선으로 뻗은 산길을
난 본 적이 없다

인간의 발자국이 쌓여
만들어진 산길은
모두 굽이굽이 돌아서 간다

우리네 고단한 인생길도
굽이굽이 돌아서 간다

심장이 견디는 만큼의

속도와 경사로
천천히 돌아서 간다

험한 인생길 가는 동안
같은 방향의 동행을 만나면
앞지르려고만 하지 말고
때로는 멈춰 기다려도 주며
벗 되어 함께
굽은 길 돌아서 가야 한다

행복은
급하게 오른 정상이 아니라
천천히 돌아서 가는
굽은 길 위에 더 가득하다

무거운 짐

그렇게도 벗어나고 싶었던
무거운 짐이었는데
막상 그 짐을 내려놓고 보니
홀가분하지가 않다

짐을 내려놓는
내 나이가
이젠 누군가의
무거운 짐이 될 수 있음을
깨달았기 때문일까

사랑하는 사람에게
짐으로 산다는 건
얼마나 미안한 일인가

내가 짐으로 대했던 그도
힘들어하는 나를 보며
매일 미안한 하루를 살았을 텐데

하지만
그 짐의 무게가 있어
거센 물살에도 떠내려가지 않고
무사히 강을 건널 수 있었는데

가벼운 내 인격으로도
교만한 자리에 올라서지 않고
제자리를 지킬 수 있었는데

무거운 짐 하나를
내려놓는 날
깨닫게 되는
미안함과 고마움이
남겨진 인생의 짐들을
다시 돌아보게 한다

장돌뱅이

읍내 장터를 나와
비포장 신작로 길을
가을비 맞으며
한 남자가 걸어간다

우산도 없이
차가운 비
온몸으로 맞으며
한 남자가 걸어간다

집은 아직도 먼데
비 피할 움막 하나 없는
늦가을 들판에
벌써 어둠이 내려앉는다

따뜻한 백열등 아래
저녁상을 두고 마주할
어린 자식들 생각에

마음은 급해져도
시원찮았던 오늘 장사에
발걸음은 무겁기만 하다

열심히 살고도
미안한 일은 왜 이리
많아지는지

어둑해지는 신작로 길
차가운 비를 맞으며
걱정 많은 한 남자가 길을 간다

가을 들판의
슬픈 풍경이 되어
터벅터벅 말없이
혼자서 간다

아침 첫 얼굴

매일 아침
거울 앞에 서서
내 얼굴을 경계한다

내 속에 숨겨 둔
거친 생각과 욕심들이
그대로 묻어나는
아침 첫 얼굴

청춘의 날
그렇게 혐오했던
삶의 찌꺼기들이
서서히 내 얼굴을
점령해 가는
아득한 위기감

밤새 더 깊어진
신경질적인 표정의

미간 주름까지

변명이 필요 없는
정직한 내 삶의 이력서

아침마다
거울 앞에 서서
내 얼굴을 경계한다

얕은 내 삶의 깊이를
아프게 반성한다

굳센 금순 씨

가난한 산동네 판잣집에
육 남매 맏딸로 태어난 금순 씨
그 작은 키 다 크기도 전에
공장으로 보내져
제 몸보다 무거운 돌덩어리 하나
늘 가슴에 안고 살았다

그 돌덩어리 오래 품고 견디면
귀한 진주가 되어
모두를 행복하게 할 거라던
동네 목사님 말만 믿고
마지막까지 견뎌 냈던 무거운 돌덩어리는
끝내 금순 씨 배 속에
커다란 암 덩어리 하나 만들어 놓았다

제 몸에 지독한 아픔 쌓여 가도
누구 하나 붙들고 원망할 사람 없어
오롯이 혼자 아픔을 감당하며 살다

금순 씨 하늘나라 가던 날

많은 사람이 울었다
미안해서
고마워서
그리워서
온 동네 사람들이 함께 울었다

모진 풍파 저 혼자 감당하며 살아온
금순 씨 몸은 암 덩어리 되었지만
착했던 금순 씨 삶은
이웃들의 가슴에 굵은 진주로 남아
산동네 아들들은 번듯한 대학을 갔고
딸들은 집을 얻어 결혼을 했고
배고픈 이웃들도 따뜻한 밥과 정을 얻어 갔다

공평한 세상은 아니어도
삶은 공정하게 살아야 한다는 것을
온몸으로 가르쳐 주고
볕 좋은 날 착한 금순 씨
서둘러 하늘나라로 떠났다

5부

강둑만
서성이다
돌아오는
낡은
그리움

라일락 향 슬픔

라일락 향을 좋아한다는 나의 말이
장미 향을 좋아하는 당신에 대한
비난일 수는 없습니다

서로 태어난 계절이 다르고
유년을 보낸 골목길이 다르기에
저마다의 슬픔에 맞는
꽃향기가 다를 뿐입니다

라일락 가득한 봄날에
사랑을 잃어버린 건
내 운명입니다

바람 많은 언덕에 태어나
꿈보다 높은 벽에 갇혀
슬픔을 달래며 살아야 했던 것도
내 운명입니다

당신과 다른 운명 탓에
외로운 날 찾아가는 장소가 다르고
그리운 날 부르는 노래가 다를 뿐입니다

나의 봄이 라일락 향으로 충분하듯
당신의 봄도 장미 향으로 충분하길 기도합니다

세월 지나 서로의 향으로 익어 간
고운 사람이 되어
우연한 봄날 다시 만난다면
반가워 우린 손 마주 잡고
함빡 웃을 수도 있을 겁니다

세월을 이겨 낸 향기로운 詩 하나
보란 듯이 꺼내어
서로의 가슴을 위로할 수도 있을 겁니다

낡은 그리움

그립다고
너를
찾아갈 수도 없고

힘들다고
너를
잊을 수도 없고

답답한 마음에
무작정 떠나온
낯선 여행길

하늘도
강도
나무도
모른척해 주는
들키지 않은
그리움

아무에게도
말할 수 없어
강둑만 서성이다
돌아오는
낡은 그리움

가을 징역

봄날에도
가을빛 옷을 입고
여름에도
가을 노래만 부르는
무모한 내 그리움도
가을 숲에 놓아두면
비로소 정상이 된다

하루 두 번은 정확하게 맞는
고장 난 시계처럼
너를 잃은
그 가을에 멈춰 선
고장 난 내 그리움도
가을이면
온전한 빛깔로 되살아난다

목숨 같은 사랑은 없다고
단정하는 세상 앞에

가을이면 내 그리움은
핏빛 단풍으로 일어나 저항한다

세월은 나를 잊었어도
아름다운 너를 사랑한
죄명으로
아직도 난
그 가을을 징역 살고 있다

그리움

마음에 두면
돌이 되어 쌓이는
무거운 그리움이 있다

눈에는 보여도
그 거리를 알 수 없는
밤하늘 별만큼이나
아득한 그리움이 있다

이쯤에서 이젠 끝내자고
냉정하게 돌아서도
어느새 내 방까지 따라와
내 곁에 돌아눕는
운명 같은 그리움이 있다

나를 가두어 버린
네 슬픈 눈빛
되살아나는 가을이면

열병처럼 앓아야 하는
창백한 그리움이 있다

나로서는 어쩔 수 없어
세월에 맡겨 버린
그 깊이를 알 수 없는
그 무게를 알 수 없는
내겐
그런 화려한 아픔이 있다

못된 습성

상처를 즐기던
못된 습성

이제는 떠나보내자

너를 부정하면
죽을 것만 같았던
간절함에 비해
내 사랑은
얼마나 비겁했던가

후회 없이
사랑하지 못했음을
더 이상 아파하지 말자

그럴 수밖에 없었던
전날의 가난한 나를
다그치지도 말자

그리워도
보고 싶어도
이제는 깨끗이
지우며 살아가자

상처는
상처의 시대로 돌려보내고
상처를 즐기던
못된 습성은
이젠 그만 버리기로 하자

눈 쌓이는 새벽

잠을 깨운 새벽 갈증에
부엌으로 들어서다
우연히 봐 버린
창문 너머의
쓸쓸한 장면 하나

홀로 밤을 지키는
퀭한 눈의 가로등 아래
길 잃은 그리움들이
옹기종기 모여
찬바람 속에
하염없이 눈을 맞고 있었다

내가 잠든 시간에도
어떤 슬픔은
모질게도 아파하고 있었다

눈 오면 마음 아득해져

홀로 거리를 헤매던
지난날의 슬픈 잔상들이
메마른 가슴으로 파고들어
따뜻한 이불 속으로
돌아와 누워서도
쉽사리 잊히지 않는
낯익은 슬픔으로
오늘은 이불 속에도
펑펑 눈이 내린다

그리움의 이유

노을 번지는 강 언덕마다
네 얼굴이
버티고 서 있더라

풍경이 아름다워 물어서
찾아간 낯선 곳에서조차
네 슬픈 얼굴이
먼저 와 서 있더라

새로운 곳을 찾아 떠난
여행의 끝은
오래된 너의 기억들로 마무리되고
돌아오는 내내
마음만 더욱 아팠다

외롭던 청춘의 어느 하루
네 먼저 찾아와
내 이름 한 번

불러 준 것이 다인데

세월 가도 지워지지 않는
그리움의 정체는 무엇일까

함께 걷던 골목길의 가로등
낮은 담벼락의 오래된 무늬들
길모퉁이 집 낡은 창문틀까지
너는 벌써 잊었을 그 먼 기억들을
나는 왜 이리도 오래 기억하고 사는지

소유한 적이 없기에
잃어버린 적도 없는
혼자만의 사랑

온전하게 마음 한번
전하지 못한
그 오래된 미련에
지독한 그리움의 이유를 물어본다

어긋난 하루

퇴근길
모처럼
꽃을 샀습니다

집에 와서 보니
꽃병이 없습니다

제자리를
찾지 못한 채
내 손에 들려진
꽃 한 다발

낯선 역에
멈춰 선
낡은 열차처럼

아득한 자책으로
마음이
길을 잃습니다

너 한 사람에게만

모두의 마음을 열 수 있는
만능 키로 살 필요는 없다

나의 노래는
너에게만 도달하면 된다
나의 詩는
너의 마음만 흔들면 된다

한 가지 향기로
한 계절만 사는 꽃처럼
너 한 사람에게만
이름다운 인생이면 된다

내 아름다운 시절을
온전히 바쳐
너 한 사람에게만
그리운 인생이면 된다

멀리 있어서

다행이다
아름다운 너로부터
내가 멀리 있어서

내 어두운 그림자
니에게 닿지
않을 수 있어서

마음 들키지 않고
몰래 너를
그리워할 수 있어서

돌아서서
금방 후회할 고백
하지 않을 수 있어서

숨겨 둔 상처
혼자서만

아파할 수 있어서

느닷없이 그리운 날
소리쳐 불러도
내 목소리
들리지 않을 수 있어서

비겁한 나에게는
참 다행한 일이다

눈 내리는 밤

떠나야 할 도시에
눈이 내린다

참았던 눈물인 양
초저녁부터 시작된 눈이
그칠 줄 모른다

하얗게 변해 가는
도시의 풍경 앞에
애써 다독인 마음이
길을 잃는다

떠나야 할 시간에
또다시 네가 그립다

흰 눈에 덮여
가뭇 사라지는
외딴길처럼

그렇게 조용히
잊히길 기도했는데

네 이름 다시
부르지 않기로 다짐했는데

너의 집 앞을 서성이다
혼자서 돌아 나오던
비탈진 골목길로 쏟아지던
그날의 함박눈처럼

또다시 돌아보게 된다
또다시 매달리게 된다
또다시 자책으로 서성이게 된다

여행

여행을 떠나서 보게 되는 건
새로운 풍경이 아니라
낡은 내 마음일 경우가 많다
낯선 거리를 걸으면서도
여행 중 마음은
내내 잊고 살았던
추억의 거리를 서성이게 된다

후회와 아쉬움으로
가득한 청춘의 어느 날
그 기억 속에 갇힌
위축된 나를 만나
어색한 악수를 하며
속절없이 흘러가는 세월 앞에
별반 특별나지 않은 내 삶을
물끄러미 바라보게 된다

여행은

나를 찾아 떠나는 길

떠나온 나와
돌아갈 나는
결코 다르지 않다

천국의 계절

숲속 나무들처럼
온종일 고독해도
아무에게도
미안하지 않은 계절

제자리를 지키지 못한
깨어진 마음도
위로를 선물 받는 계절

오랜 기다림 끝에
주인을 찾아 나서는
새벽 편지처럼
서툰 내 기도도
멀리 가는
노래가 되는 계절

천국의 계절은
가을일 게다

아니,
가을이었으면 좋겠다

행복은 화려한 옷을
입지 않는다

ⓒ 정용수, 2023

초판 1쇄 발행 2023년 8월 8일

지은이   정용수
펴낸이   이기봉
편집   좋은땅 편집팀
펴낸곳   도서출판 좋은땅
주소   서울특별시 마포구 양화로12길 26 지월드빌딩 (서교동 395-7)
전화   02)374-8616~7
팩스   02)374-8614
이메일   gworldbook@naver.com
홈페이지   www.g-world.co.kr

ISBN   979-11-388-2172-8 (03810)